¿Qué prefieres...

JOHN BURNINGHAM

KóKINOS

La edición original de esta obra fue publicada en 1978 en Gran Bretaña
por Jonathan Cape bajo en título: WOULD YOU RATHER?

© Texto e ilustraciones, John Burningham, 1978

© De esta edición, Editorial KÓKINOS
Sagasta, 30, 28004 Madrid
Tel. y Fax: 91 593 42 04
E-mail: Kókinos@teleline.es
1ª edición: 1994
2ª edición: 2000
Traducido por Esther Rubio
Printed in Singapore
ISBN: 84-88342-05-5

¿Qué prefieres...

ver tu casa rodeada de…

agua,

nieve,

o selva?

¿Preferirías…

que un elefante se beba el agua de tu bañera,

que un águila
se zampe tu cena,

que un cerdo se pruebe tu ropa,

o que un hipopótamo duerma en tu cama?

¿Qué prefieres...

que te echen mermelada
por la cabeza,

que te
empapen
de agua,

o que un perro te arrastre por el barro?

¿Qué prefieres…

cenar en un castillo,   desayunar en un globo,

o merendar en el río?

¿Preferirías que te obligasen a tomar…

estofado de araña,

albóndigas de babosa,

puré
de gusanos,

o zumo de
caracol?

¿Qué prefieres...

saltar en las ortigas por cien pesetas,

tragarte una rana muerta por trescientas pesetas,

o pasar la noche en una casa horripilante por mil?

¿Preferirías…

que te abrace una serpiente,

te trague un pez,

te engulla un cocodrilo,

o te aplaste un rinoceronte?

¿Qué sería lo más grave...

qué tu papá se ponga a bailar en el colegio,

o que tu mamá arme un escándalo en un café?

¿Qué prefieres…

hacer sonar los platillos,

golpear el tambor,

o tocar la trompeta?

¿Qué prefieres…

tener un mono
y hacerle cosquillas,

un koala
y leerle cuentos,

un gato
con quien boxear,

un perro
que sepa hacer monopatín,

un cerdo sobre el que cabalgar,

o una cabra con quien bailar?

¿Preferirías que te persiga…

un enorme cangrejo,

un toro,

un león,

o una manada de lobos?

¿O quizá preferirías entrar en un supermercado montando en un toro?

¿Preferirías perderte...

en la niebla,

en el mar,

en el desierto,

en un bosque

o entre la gente?

¿A quién te gustaría ayudar...

a una hada a convertir
una rana en príncipe,

a los gnomos
a buscar un tesoro,

a un duende a hacer travesuras,

a una bruja a preparar su pócima,

o a Papá Noel a llevar los regalos?

¿Preferirías vivir…

con un ratón en una jaula,   con un pez en una pecera

con un loro
en un jaulón,

con un conejo
en una conejera,

con gallinas en un gallinero,

o con un perro en una perrera?

¿O quizá, lo que de verdad te
gustaría, sea dormir tranquilamente
en tu cama?